心里满了,就从口中溢出

万物自在游戏

RÁJ DOMOVA

Jan Čarek

Adolf Zábranský

［捷克］扬·恰雷克 ——— 著

［捷克］阿道夫·泽布兰斯基 ——— 绘

彭小航 ——— 译

广东人民出版社
·广州·

图书在版编目（CIP）数据

万物自在游戏 /（捷克）扬·恰雷克著；（捷克）阿道夫·泽布兰斯基绘；彭小航译. -- 广州：广东人民出版社, 2025.1. -- ISBN 978-7-218-17941-4

Ⅰ. I524.85

中国国家版本馆 CIP 数据核字第 20249MC575 号

Ráj domova

© Adolf Zábranský - heirs c/o DILIA.

Arranged through Jiaxibooks Co. Ltd.

Simplified Chinese Rights©Pan Press Ltd. 2024

WANWU ZIZAI YOUXI
万物自在游戏

[捷克]扬·恰雷克　著　　[捷克]阿道夫·泽布兰斯基　绘

彭小航　译

版权所有　翻印必究

出 版 人：肖风华

责任编辑：黎　捷　熊　英
特约编辑：许东尧
责任校对：李伟为
装帧设计：崔晓晋
责任技编：吴彦斌

出版发行：广东人民出版社
地　　址：广州市越秀区大沙头四马路 10 号（邮政编码：510199）
电　　话：（020）85716809（总编室）
传　　真：（020）83289585
网　　址：http://www.gdpph.com
印　　刷：鹤山雅图仕印刷有限公司
开　　本：889mm×1194mm　1/16
印　　张：4.75　字　　数：40 千
版　　次：2025 年 1 月第 1 版
印　　次：2025 年 1 月第 1 次印刷
著作权合同登记号：图字 19-2024-212 号
定　　价：88.00 元

如发现印装质量问题，影响阅读，请与出版社（020-85716849）联系调换。
售书热线：020-87716172

阿伦卡

小鸽子,小鸽子,
飞去告诉阿伦卡:
阿伦卡,来这里,
最美的苹果留给你。
苹果是太阳的杰作,
春天就开始涂颜色。

家乡的天堂

看啊,孩子,
这世界多美!

瞧啊,孩子,
这花开遍地!

多少小动物生活在这里,
鸟儿带着幼崽自由地栖居!

多少善良的人扎根在这里,
幸福得只要羡慕他自己!

看啊,孩子,
这世界多美!

池塘深处

明月高高照,池塘静悄悄,
月下青蛙呱呱叫:
"银白月亮啊,
给我一秒钟,
池塘深处来看我,
让我在爱里畅游。"

月亮俯下身,
弯腰向池塘,

梦一般的银月光,
吻在额头上。

淘气的小蝴蝶

小蝴蝶,快来吧,
请你坐上矢车菊。
摇啊摇,晃啊晃,
越荡越高,直向天上。

矢车菊生气道:
"小蝴蝶,你别闹,
再闹当心我告状,
明天告诉你妈妈。"

蝴 蝶

看，看，孔雀眼*，
飞，飞，飞老高。

看，看，孔雀蝶，
大大眼睛望着我。

*注：指孔雀蝶翅膀上的眼状斑纹。

小燕子

哪里来的小燕子?
燕尾齐整又光亮。

听好了,莫玩笑,
音乐会,不知晓?

这可不是开玩笑!
您上哪儿听音乐会?

天黑前,树林里,
夜莺就要把歌唱。

你们可知杨树角?
一起来听音乐会。

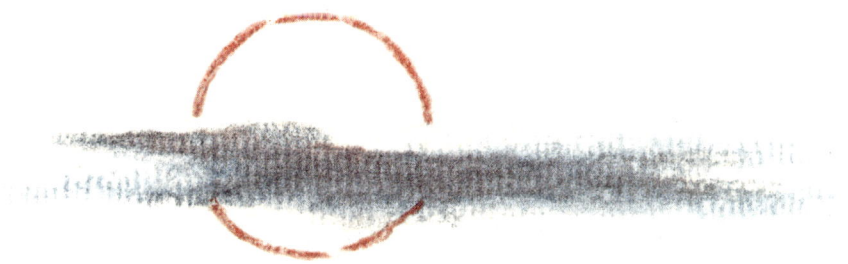

熟睡的孩子

小不点被放在
温暖田埂上,
头顶传来沙沙响;
不是树叶摇,
一片雏菊轻轻晃。

灰山鹑飞到她身旁:
"小不点,在这儿做什么?"
金花虫爬到她身旁:
"在这儿做什么,小不点?"
不做什么——睡得正酣甜。

不做什么——睡得静悄悄。
小不点孤单一个,
红脸颊好似苹果,
马驹绕着她撒欢,
鸟儿来为她歌唱。

灰山鹑

爸爸妈妈发话了,
小灰山鹑围上前:

"孩子们,来这边,
挨个让我数一遍。"

爸爸数数啄树枝，
啄出几道痕，
就有几只灰山鹑。

"谁缺席，谁没在？
枝头的吻得不到！"

"别玩了，别跳了，
我们飞去小水井。"

蜜　蜂

池塘忽落急雨，
蜜蜂撞上蜻蜓，
撞的劲儿不小，
小命差点丢掉。

水边那棵老赤杨,
心疼蜜蜂坠水面,
放下树叶一片,
做只小船给她,
载她漂过池塘。

奇 妙

看啊，奇妙在发生，
一颗图钉飞起来。
是水边的蜻蜓吗？
是啊，是蜻蜓，
扑扇着翅膀。

鹅 膏 菌*

小山林中暗幽幽,
鹅膏菌脸儿绯红,
当心哟,小姑娘,
别被人瞧见。

鹅膏菌脸儿通红,
邻居牛肝菌正朝她看。

* 注:大多数鹅膏菌含有剧毒。

锯 子

勤劳木工锯木头,
劳动令他心欢喜。

锯子来回在穿梭,
它也喜爱这工作。
锯子用力锯圆木,
圆木粗壮似肘子。

白 鸽

白鸽空中舞,
穿梭屋顶间,
飞至最高者,
俯瞰圣维特*,

* 注:指捷克圣维特大教堂。

端坐天之塔,
绽放如白花。

铃　　兰

七个小铃铛,
丁零丁零响,
铃兰说她好孤单,
认识的只有
淘气小鹿一家。

大 黄 蜂

林中草地上,
长出风铃草——
蓝色的风铃草。

黄蜂蹲在花上头,
气这事儿竟没人跟他讲。

为何要气恼?
小嘟囔鬼不害臊!

勿忘草与风铃草

勿忘草,溪边长,
漂亮眼睛似娃娃。

不远处的草地上,
风铃草正唤着她:
"我的勿忘草,快来我身旁!"

"大地怎会许我走?
待到每日微风起,
托风把吻送给你。"

数 到 十

一只，两只，一两只，
奶牛吃着青青草。
三只，四只，三四只，
蒲公英绒毛满天跑。

五只，六只，五六只，
多嘴八哥飞过来，
七只八只，九只十只，
叽叽喳喳太热闹！

耶 尼 克

襁褓中的耶尼克,
哭闹伸手要妈妈,
妈妈抱他出摇篮,
雨点一般吻个遍。

不哭不哭,耶尼克,
眼泪就像连珠线,
只要你肯笑一笑,
小小泪珠变珍珠。

毛线团

婆婆织毛线,
线团滚脚边。

小猫追线团,
同它做玩伴。

越是玩得欢,
线团越是满地散。

快停下,别淘气!
谁把线团缠回来?

叩头虫

我呀,找线哪,
找来细线,缝缝补补。
我那淘气儿子,
把衣袖和外套
都撕出了裂口。
奇怪我竟不烦他,
正是长翅膀时候!

鼻涕虫叔叔

森林里,树桩上,
鼻涕虫叔叔爬呀爬。
要都像他这么慢,
那咱才能爬到哪儿?
整片森林笑话他。

小 鹅
鹅

飞翔的野鹅,
高空中呼喊:

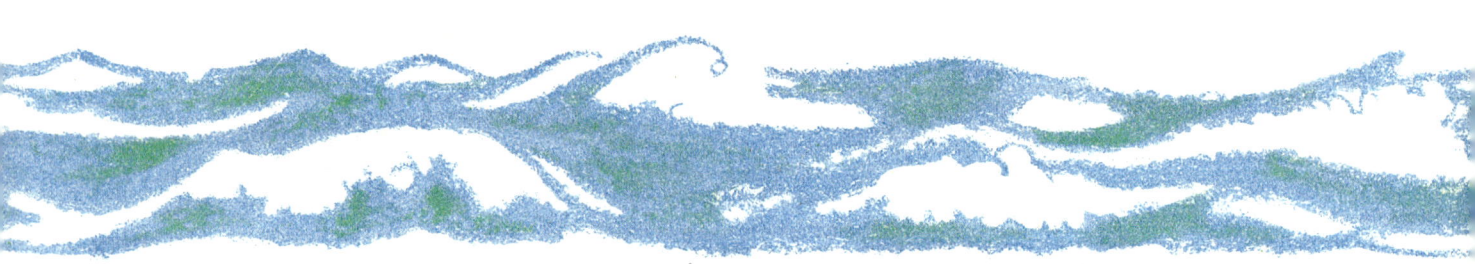

"我正沿着地平线,
飞越无边无际的海。"

小鹬鹬，忙答话:
"请你好心带上我,
大海我怎飞得过,
疲累翅膀扇不动,
海的泡沫吞没我。"

"背着你，我乐意,
落到我的背上来。"

飞翔的野鹅,
望不见陆地,
地平线上俯瞰浪花,
飞越无边无际的海。

小鹪鹩,静悄悄,
野鹅背上睡着了。
"醒醒,醒醒,小鹪鹩,
睁眼便是新海岸。"

娃　娃

娃娃有心事,
为啥睡不着?
窗外星星闪耀,
果园披上银光,
再过一小会儿,
你便进入梦乡。

金龟子

金龟子爬上菩提树,
叶片间散步,
为了快点儿长身体,
啃起叶子来。

第一片,让你吃,
可别开口要五片;
第二片,让你吃,
叶子鲜美比蜜甜。

可怜菩提垂下头,
吧嗒吧嗒掉眼泪。
怎么了?人们问。

"人们呀,金龟子要把我吃掉!"

小 溪

我们的小溪湛蓝,
一步也不偷懒,

水中的浪花卷起,
溜走好似棉团。

往那欢快溪流里,
放下一只小白船。
没等驶离港口边,
一头撞进勿忘草。

露 珠

露珠落在空草地，
光脚青蛙在哭泣，
只想有天能穿上，
蜘蛛织的小长袜。

她求蜘蛛来帮忙，
蜘蛛为她织长袜。

一只长袜刚织好，
青蛙再不用光脚，
来不及道声谢，
忙将长袜腿上拉：
"不知穿着美不美？"

美，美——我的心里美！

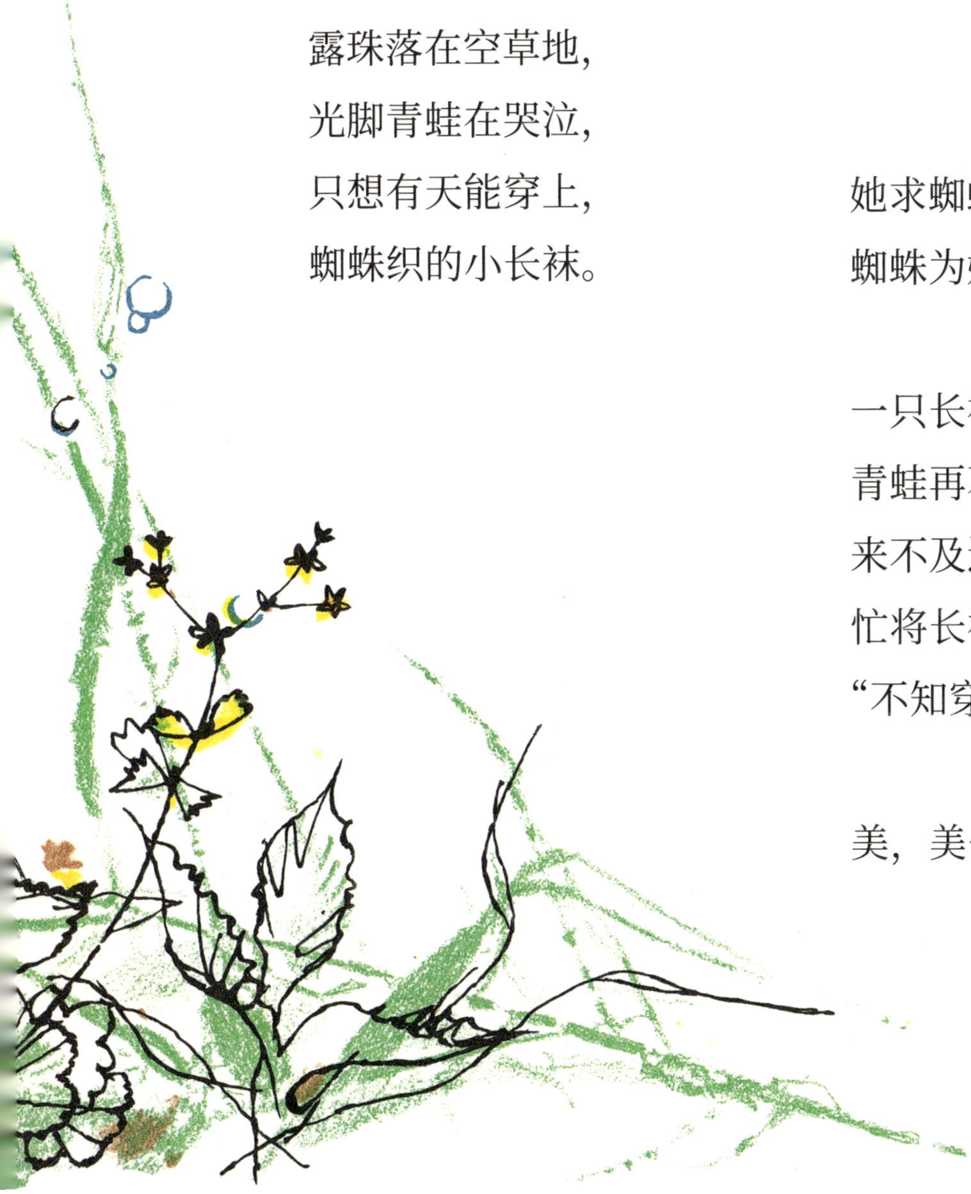

菩 提 叶

妈妈,画一片
菩提叶!

这哪是叶子?
分明是爱的心!

蓝 山 雀

羞答答的蓝山雀,
快来我窗前,
我把好吃的都给你。

别忘唤上小伙伴,
一起吃个饱,
就当是天空的礼物。

小 苹 果

苹果，小苹果，
四处张望着——
它有小眼睛。

眼睛看谁朝谁笑，
天不怕，地不怕：
"快来人把我吃掉！

谁来吃掉我,
种子奖给他。
但别忘记让种子
再次长成苹果树,
到那时还给你们讲故事!"

小鸭子

扑通，扑通，扑通，
全部跳下水。

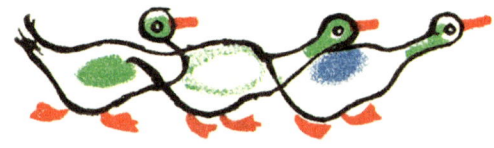

公鸭闲悠悠,
看着孩子们,
小鸭一会儿浮水面,
一会儿沉下无踪影。

我若潜水学小鸭,
小命转眼就没啦。

喜 鹊

喜鹊扇翅告喜事,
明天要出嫁。
她已有了订婚戒,
虽然戒指上没钻石。

树下有位守林员,
徒劳寻戒指:
"放哪儿了?放哪儿了?
大概被喜鹊叼走了。"

"喜鹊喜鹊,还我戒指,
有五个秘密符号的戒指。"

小杓兰

小杓兰，小杓兰，
怎能叫作水晶鞋*？
那么小的金色花，
小精灵也穿不下。

*注：杓兰在捷克语中俗称"小水晶鞋"。

金子做的小杓兰,
才不是谁都能穿,
只有美好小仙女,
能穿金花跳舞去。

每当夜晚月升时，
仙女穿上小杓兰，
婆娑月下不愿停，
直到水晶鞋凋谢。

注 意

这些问题要注意:
娃娃的头发什么样?
金黄的,金黄如麦穗。

娃娃的脸颊什么样?
绯红的,绯红似蔷薇。

娃娃的眼睛什么样?

耐心等待才知道——
娃娃正熟睡,
小声别吵她。
待到梦醒来,
一双眼睛亮晶晶,
就像天上星星。

水 妖

水妖为何哭泣?
毕竟富甲一方。

所有泪滴,
都是珍珠。
鱼儿似箭穿行,
裙子什么做的?

用银色的链子,
用金色的鳞片。

谜 语

谁知道,驯鹿是什么?

茫茫雪地,四串脚印。

谁知道,斑马是什么?
道道条纹,好像肋骨。

谁知道，瞪羚是什么？
轻轻一跃，消失不见。

乌 鸦

小乌鸦啼鸣,
发问秃鼻鸦:
"亲爱的叔叔,
春天啥时来到?

我用鸟喙凿地,
想叫它快快醒,
我还凿积雪,
废寝又忘食。"

凿吧,小乌鸦,
春天会到的——
说不定就在明早。

花和蝴蝶,树和鸟,
世界若是没它们,
将失去多少欢乐和美好!
世界若是没它们,
幸福或许不会来到。

⟨Adolf Zábranský, 1909.11.29-1981.8.9⟩

阿道夫·泽布兰斯基

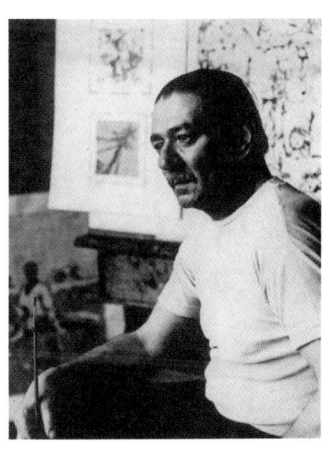

捷克画家、漫画家、插画师和壁画创作者。

画家生平

1909 年 11 月 29 日，阿道夫·泽布兰斯基出生在奥匈帝国摩拉维亚东北部伊钦（Jičín）小镇的一个村庄里，那里风景如画。他是家中第三个孩子，父亲是乡村教师、爱国社团的召集人和赤诚的民族主义者。在泽布兰斯基刚进学堂的年纪，适逢第一次世界大战爆发，父亲应征被派往前线，家中生活变得窘迫，母亲常使唤他和姐姐去邻近乡村的农户家里买牛奶或土豆。这段岁月让未来的画家目睹了乡村孩童的趣味游戏：秋日田野上燃起的白烟，春天可爱的小鹅们由牧鹅女和鹅妈妈领着蹚入溪流和池塘，黄色绒毛的小鹅让他联想到毛茸茸的羔羊，草甸里女孩们用七彩鲜花编扎起一个个花环……诗意的场景深深地刻进了这个乡村男孩的记忆。战时岁月尽管艰难，但大自然的旖旎风光，小伙伴们无忧无虑的嬉戏，母亲温暖的手掌，都滋润着他幼小的心灵。父亲从战场归来不久，慈爱的母亲不幸病逝，那一年泽布兰斯基才十二岁。

1929 年他前往布拉格应用艺术学校（Umělecko-průmyslová škola v Praze），师

从弗兰基谢克·基塞拉（Františka Kysely）研习绘画，三年后考入捷克斯洛伐克美术学院（Akademie výtvarných umění v Praze）。威利·诺瓦克（Willi Nowak）教授的专业点拨让他获益匪浅，让他学会了如何在插画、海报和纪念作品中运用装饰性元素，并融入自己的艺术思维和感觉。1935年毕业后，他的兴趣转向插画和海报设计。最初他醉心于自由创作，以乡村为主题并辅以人物图案。20世纪30年代末，他专注于插画，为儿童文学读物绘制插图。1942年，他成为马内斯艺术家协会（SVU Mánes）成员，六年后加入捷克斯洛伐克艺术家协会（Seznam uměleckých spolků v Československu a Česku）。

除插画、海报设计外，他还参与了捷克社会主义时期现实主义元素的大型装饰设计，例如他在布拉格赫尔岑宫（Hrzánský palác）和莱德堡花园（Ledeburské zahrady）留下的装饰性壁画，因其不凡的纪念性意义而成为不朽之作，广为人知。

20世纪40年代末，阿道夫·泽布兰斯基已是一位成熟的画家和插画家。这一时期，他以捷克民族历史为主题的具有里程碑意义的纪念性作品包括：《胡斯运动》（*Doba husitská*）、《农民风暴》（*Selské bouře*）等。

受画家马内斯（J. Mánesa）和阿列什（M. Aleš）的影响，他的作品呈现出令人难以置信的多面性，如同一块打磨过的石头，每一面都折射出艺术的本质、生活的真相和时代的真相，因而透出石英般的硬度和质感。

泽布兰斯基的创作成就集中体现在他的插画艺术作品中。巅峰之作是他为捷克女作家聂姆佐娃（Božena Němcová）的童话故事绘制的插图，他为此投入十五年时间，可惜这本童话书在1982年由信天翁出版社（Nakladatelství Albatros）推出面世时，画家未被提及。

1959年，泽布兰斯基被授予捷克斯洛伐克"功勋艺术家"称号；1970年获得"民族艺术家"美誉。他独特的插画艺术同样在国际上得到认可，屡获大奖。

1981年8月9日，泽布兰斯基在布拉格去世，安葬于首都维谢赫拉德名人墓（Vyšehrad-ský hřbitov a Slavín）。

2009年，泽布兰斯基百年诞辰之际，他的作品展在故乡举办。同年，家乡的一所小学以这位艺术家的名字命名。

艺术特色

泽布兰斯基秉持质朴的本色，不断地探索和发现生命之美，坚信美的意义及其再生能力。他以艺术的魅力揭示美的真谛，展现大自然和人类生活的本真。

阿道夫·泽布兰斯基是怎样的一位艺术家？

回答这个问题并不难，艺术家的人格被他身后作品的光芒照亮，因为他的个性贯穿整个创作生涯。他善良朴实，时常面带笑意，醉心于花草虫鸟、河畔的芦苇和林间松针散发的气味。他热爱人类，爱自小就熟悉的各类动物：马、牛、山羊、猫、狗、鸡、鹅和鸭——猫是他的至爱。读者在他的童书绘本中还会看到老鼠和蝙蝠。他与那些小生命有着特殊的默契，按捺不住要描绘出来与读者分享。20世纪50年代，泽布兰斯基回到萨扎瓦（Sázava）河畔的小屋，在那里生活到生命的尽头。在故乡的怀抱里，他不知疲倦地创作了无数作品，为我们留下丰厚的精神遗产。

他的作品中，对大自然的一往情深尤为突出，特别是在儿童插画中。他笔下的每一只小动物都是欢快的，即便有些看似严肃，但那拟人化的表情也逗人发笑。泽布兰斯基性格幽默，和蔼谦虚，充满对人性的包容和理解。这一点对于艺术创作至关重要。他的作品中蕴含着戏谑，却不破坏思想的严肃性，他独有的"温润式批评"不裹挟伤害。

批判性是泽布兰斯基个性和思想的最具特色的组成部分。他的第一个批评对象就是自己的创作，在这一点上，他甚至是苛刻的。他的每一幅作品都意味着几十次素描、草图、构思和设计样稿的尝试。对其他艺术家的创作，他会从其专业性、意识形态背景、社会应用以及当前创意需求等角度，提出实事求是的评判和饱含善意的建议。

高雅精致和深沉朴素在泽布兰斯基毕生的创作中是辩证统一的。他热爱民歌，热爱雅纳切克音乐，热爱当代诗歌以及女作家聂姆佐娃优美简洁的文字。他洞悉当今世界的复杂关系并能敏锐地驾驭它，遁入不会混淆黑白的童话或故事世界里。这位才艺精湛、学养深厚的艺术家，还擅长吸纳最前沿的思潮，并毫不含糊地与之站在一边。也许这是破译他作品内涵的钥匙。"他"就蕴含在他自己的作品中，而他的作品就是他的传记。

徐伟珠
（北京外国语大学捷克语专业副教授，捷克语翻译家）

2020年2月整理于北京